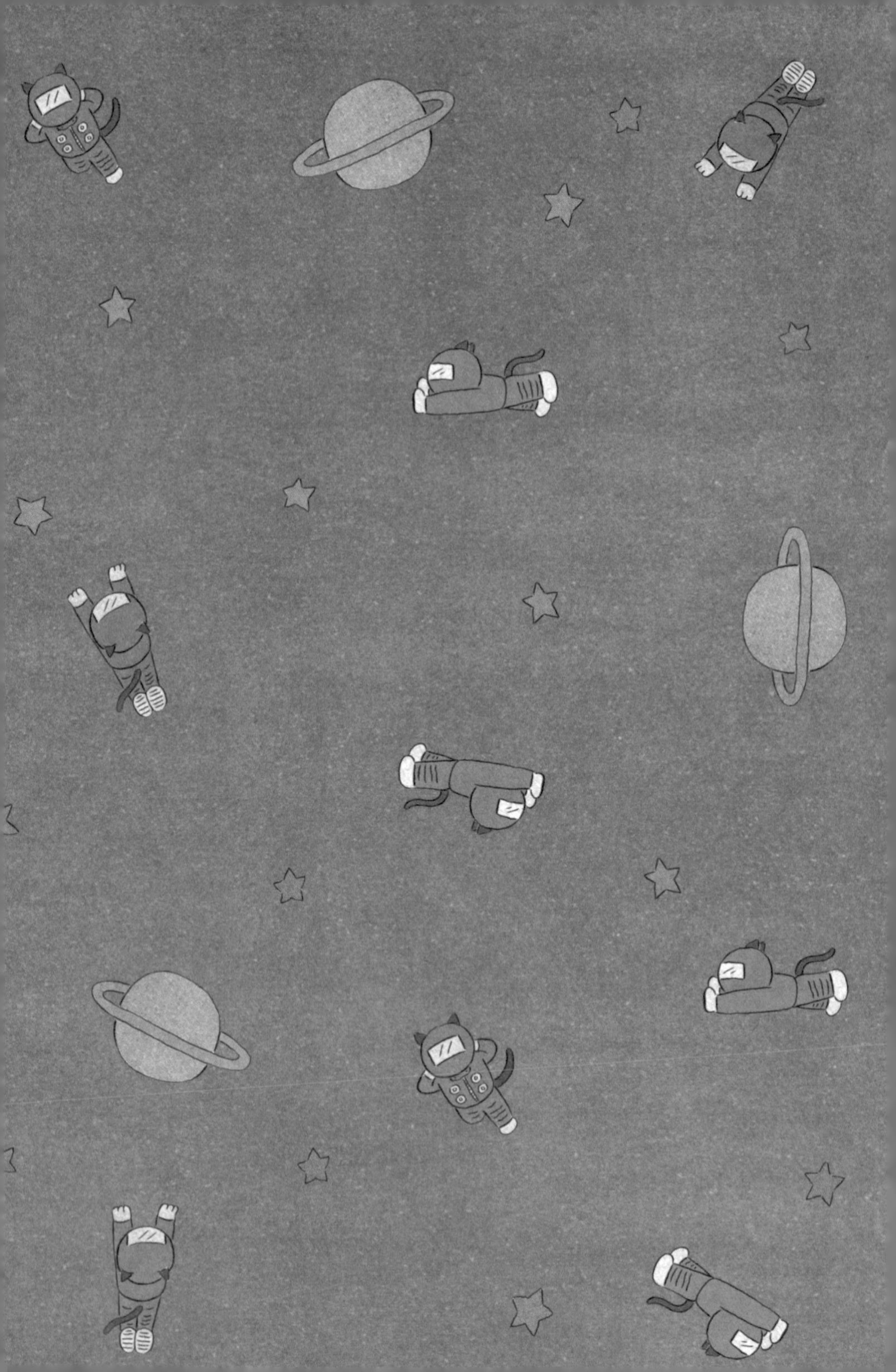

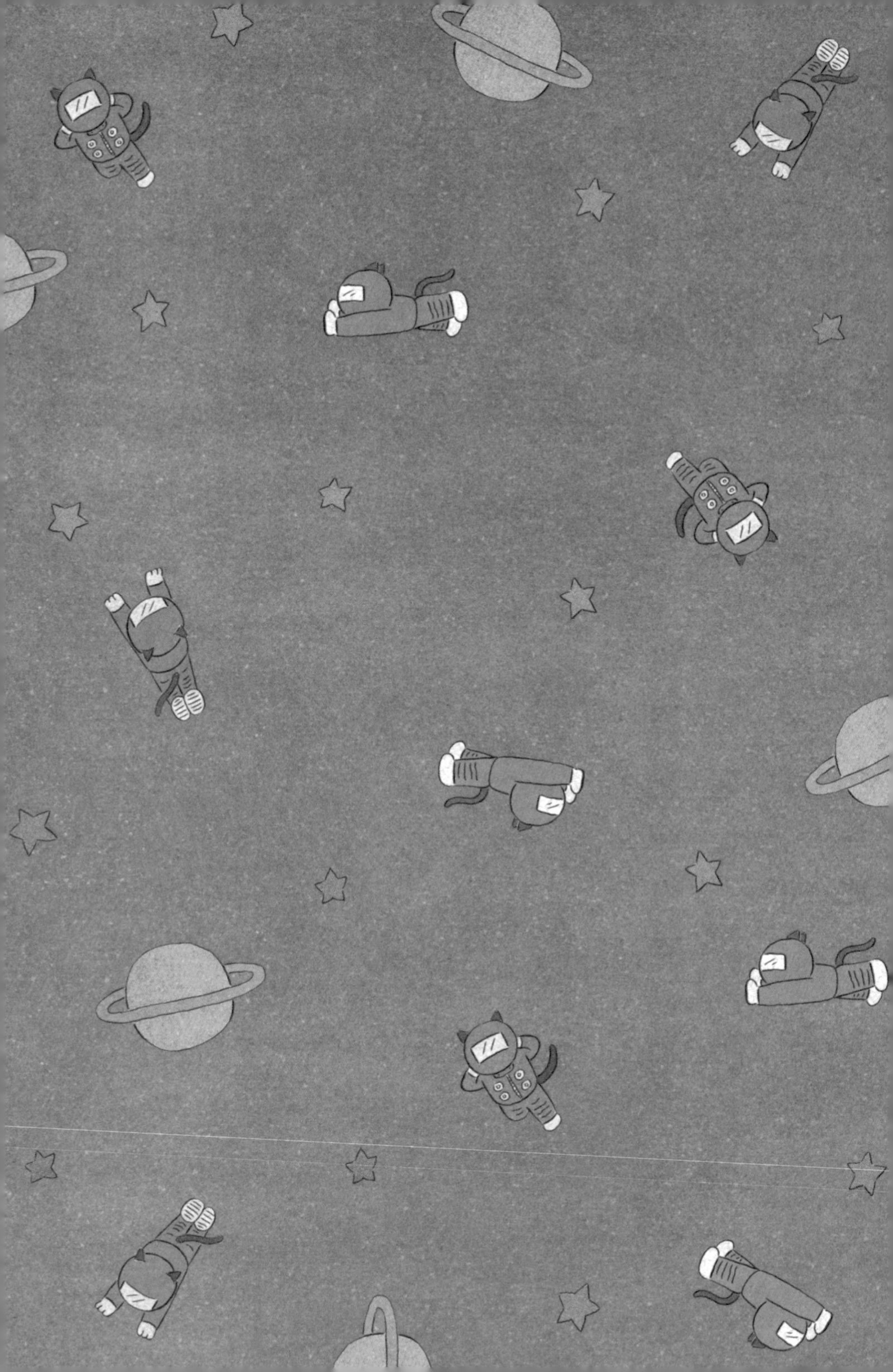

問題終結者黑喵

1 守護公寓的和平！

洪旼靜／文　金哉希／圖　賴毓棻／譯

三民書局

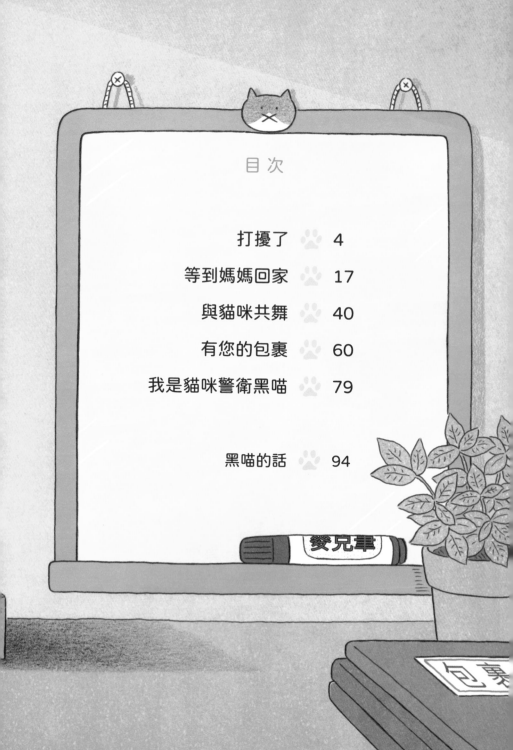

目次

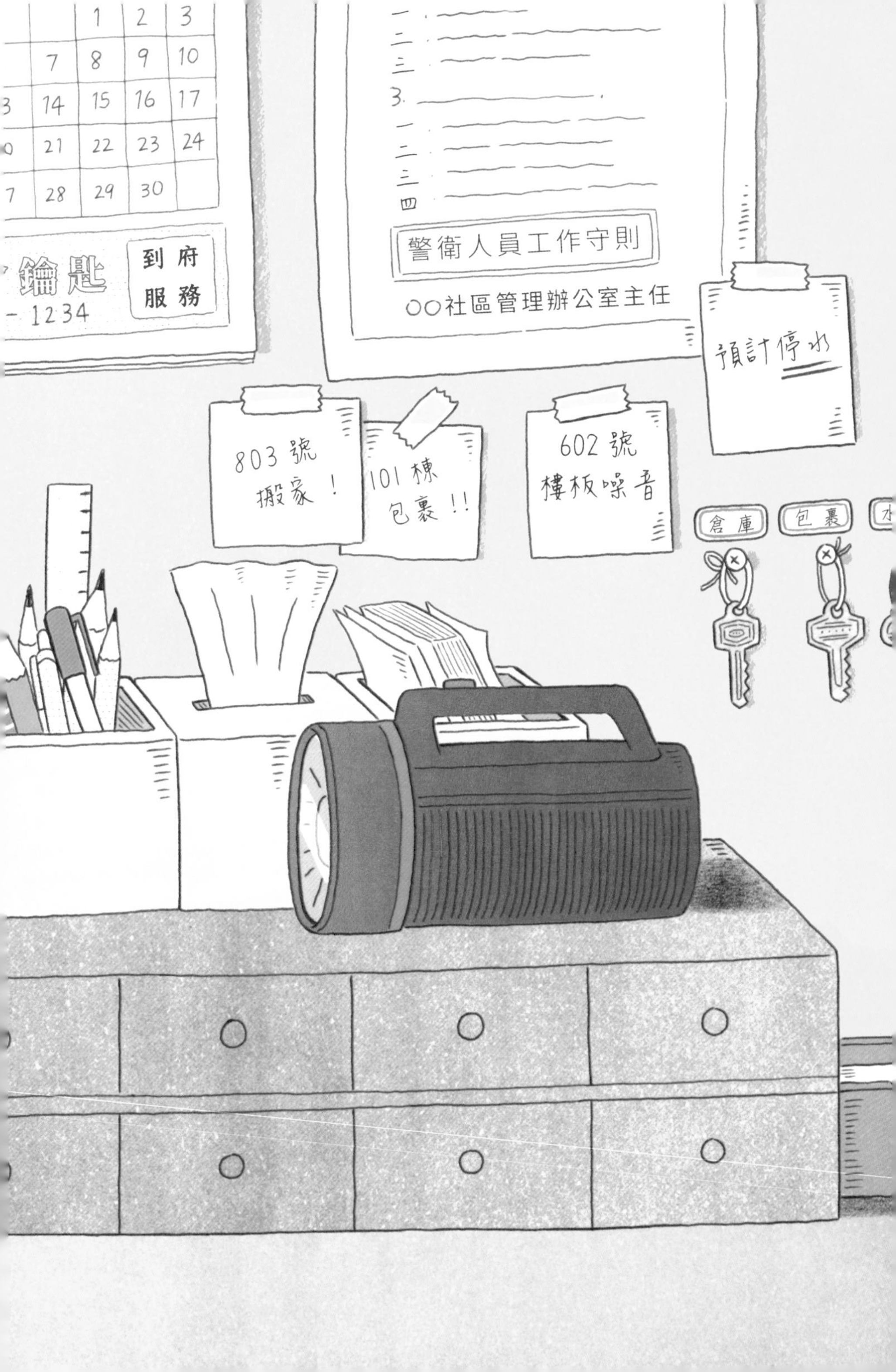

鑰匙
到府服務
-1234
警衛人員工作守則
○○社區管理辦公室主任
預計停水
803號
搬家！
101棟
包裹!!
602號
樓板噪音
倉庫
包裹

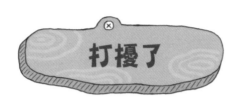

打擾了

淅瀝淅瀝、嘩啦嘩啦。

偌大的雨滴打在警衛室的窗戶上，有如敲門聲似的。

「外面下雨了嗎？」

警衛爺爺一打開窗戶，就發現外面正「嘩啦——」的下著大雨。就在這時……

叩叩！

他在雨聲中聽見了真正的敲門聲，便趕緊打開門向外瞧瞧。但是左看右看，都沒瞧見任

何人，被吹進警衛室的就只有那滂沱大雨。

「可能是我聽錯了吧。」

正當他準備把門關上回到屋裡時，聽見了從某處傳來的陌生聲音。

「這裡，我在這裡！」

他彎下腰，透過鼻梁上的眼鏡往下望。

P
101-102

「您現在看到我了嗎？」

他看見一隻身形嬌小，並用雙腳站立的貓，直直的仰望著他，甚至還很恭敬的將手背在背後。

貓的頭和背是黑色的，臉、肚子跟腳則是白色的，乍看之下長得還有點像隻企鵝。雖然這種長相不太常見，但也不算稀奇。若要說有什麼特別的，就是牠帶著一件跟身體一樣大的行李箱——那種可以用手拉，底部還裝有輪子的行李箱。

「可以留我在這裡睡一晚嗎？」

若說這是請求，也未免太過理所當然。

「可能有點困難喔，因為這裡的住戶不太喜歡。」

警衛爺爺似乎是不想惹上麻煩，果斷的拒絕了。最近已經有不少住戶在吵著要裁減警衛人數，希望改請年輕人來取代老人了，如果這時還去做些討人厭的事，對自己可沒什麼好處。不過，這隻貓好像已經把這裡當自己家一樣，無所顧忌的走進警衛室。

「一個晚上就好。打擾了。」

貓咪將行李放在警衛室的一角後，便跳上老爺爺的行軍床坐好。

「我的名字叫黑喵。」

「唉，你真是的。」

老爺爺一臉為難的坐在對面的椅子上。正當他想著該拿黑喵怎麼辦才好時，鍋子裡的水咕嚕咕嚕的滾了，原來是老爺爺正準備要煮泡麵當晚餐。黑喵一看見他撕開了泡麵包裝袋，便問：「請問您要在泡麵裡加鮪魚嗎？」

原來是牠發現桌上放著鮪魚罐頭。

讓我嚐一口

「對啊。」

「如果您不介意，可以讓我嚐一口看看嗎？我原本是不隨便吃東西的，但我很好奇這是什麼味道。」

老爺爺將一些鮪魚放到罐頭蓋子上，這時黑喵早已從行李中拿出了刀叉，甚至還圍上了魚圖案的圍兜呢。

當警衛室開始充滿一股泡麵香氣，老爺爺便將泡麵鍋端到桌上。

他用左手端著鍋蓋，右手夾起麵條。

就在這時，有人打開了警衛室的窗戶。

「警衛，請你去101棟前面看看。好像有人的廚餘湯汁滴在那裡，發出強烈的惡臭。」

住戶說完自己想說的就走了。

老爺爺心想必須趕緊吃完過去看看，便再度拿起筷子。但這時警衛室的門突然開了。

「警衛，社區入口有玻璃瓶碎片，如果孩子們不小心踩到就糟了。你趕快去幫忙收拾一下。」

住戶講完後就關上了門。最後老爺爺只好放下筷子去外面察看。因為臭味至少還沒有大礙，但若放著碎掉的玻璃瓶不管就很危險了。

黑喵拿著刀叉，咕嚕咕嚕的吞著口水，一直在等老爺爺回來。過了好一會兒，老爺爺才回到警衛室，吃著已經泡爛的麵填飽肚子。三兩下就吃光鮪魚的黑喵開口了。

「您好像很忙，如果需要助手就跟我說一聲吧。我原本是不怎麼做事的，但畢竟剛剛吃了您的鮪魚。」

「呵，真是的。我的飯碗都快保不住了，更別提什麼助手的，我才不需要呢。」

老爺爺無奈的苦笑著。

晚飯才一吃完，黑喵便開始準備就寢。牠從行李中掏出了棉被，鋪在行軍床的一側，也準備好枕頭、眼罩和耳塞。牠肚子趴在棉被上，下巴靠著枕頭說：「我原本是不隨便在其他地方睡覺的，但今天感覺會下一整個晚上的雨。」

「是啊，既然你都來了，就睡一晚再走吧。」

「謝謝您，那我先睡了。」

老爺爺一將開關往上推，整個社區的路燈就亮了起來。
他收拾好餐桌後，看著黑喵，心想：「只是一個晚上，應該不會怎麼樣。」

禁菸
監視器錄影中
今日值班警衛
○○公寓
每週二進行
資源回收
呼嚕　呼嚕
訪客車輛
請先領取訪客證

等到媽媽回家

吃完晚餐後不久，警衛爺爺就去巡邏了。他在警衛室的窗口掛上「巡邏中」的告示牌，這樣住戶才不會隨便打開警衛室的門。如果黑喵在他外出的這段期間被其他住戶發現，可就不好了。

黑喵呼嚕呼嚕的沉睡著。牠原本只要頭一著地便能馬上睡著，何況現在還能蓋著棉被、舒服的躺著，當然更不用說。牠已經有好長一段時間沒有像這樣舒服的躺下了。就在這時，

對講機突然鈴鈴響了起來。不知這鈴聲究竟有多吵，把沉睡中的黑喵都吵醒了。牠將耳塞拔起，丟到一旁，無奈的接起對講機。

「喂？」

「嘿嘿嘿。」

對講機那頭傳來了

惡作劇的嘻笑聲，接著不發一語就掛掉了。黑喵再度趴回棉被上，用眼罩蓋住眼睛，再將耳塞緊緊塞住耳朵。這時，對講機又響起了。牠一拿起話筒，立刻大喊：「請問是哪一戶？」

「這裡是201號，呵呵呵。」

「哥哥！我來！我也要說話。」

聲音的主人是小男孩，還不只有一個，是兩個。黑喵決定親自去201號看一看。牠心裡想著一定要去好好教訓他們一頓，叫他們不要再打來惡作劇了。睡到一半被吵醒，本來就很容易有起床氣嘛。

當牠走到201號玄關時，先聽見屋裡傳來砰砰聲，接著又傳出一連串嘻嘻哈哈的笑聲。牠才剛按下電鈴，砰砰聲就越來越近，大門也接著微微開啟。兩個小男孩鑽過門縫，探出圓滾滾的頭。

「哇，是貓咪耶！」

「是貓咪耶，是貓咪！」

他們將大門打開後，就跑進去客廳。黑喵搖著頭進到屋裡。

「是你們按對講機的嗎？」

「對啊，是哥哥按的！」

「你也有按啊。」

「明明就是你先按的。」

「是你說你也想講的耶。」

兩兄弟將黑喵晾在玄關，開始吵了起來。黑喵手扶著頭，剛才睡到一半被吵醒，所以有些頭痛。

「別吵了！都給我安靜。還有不准再亂按對講機了，知道嗎？」

當黑喵講完，準備轉身離開時，兩兄弟同時在牠身後大叫。

「好可怕！」

「好無聊！」

黑喵這時才草草看了一下這個家。除了兩兄弟，好像沒有其他人在。於是牠問：「爸爸媽媽不在家嗎？」

「我們沒有爸爸。」

「媽媽今天會很晚回來。」

黑喵「唉——」的嘆了一口氣。竟然只留兩個小朋友自己在家！真是難以理解。

「那我就陪你們等到媽媽回家吧。」

黑喵一腳才剛踏入客廳，兩個小孩就開心的哇哇大叫，還在客廳裡到處奔跑。

「貓咪！貓咪！」

哥哥一揮舞著雙手大叫，弟弟就馬上跟著加入。

「貓咪！貓咪！」

黑喵放任兩個小傢伙愛怎樣就怎樣，自己跳上了沙發趴下。兩兄弟也跑到沙發上，緊緊貼坐在牠身旁，並轉著又黑又圓的大眼看著牠。

「我可以摸你的鬍鬚嗎？」

「不行。」

「那我可以摸你的肉球嗎？」

「不行。」

「那尾巴……」

「也不行！」

即使黑喵一直說著不行，兩兄弟也不知道是在開心什麼，不停嘻嘻哈哈的笑。他們用小小的雙手摀著嘴巴笑，然後又像在講祕密似的小小聲嘀咕。接著他們又突然起身，歪著頭來到黑喵身邊。牠早已瞇著眼看見他們的行動，卻裝作沒看見的樣子。

發現黑喵沒有任何反應，兩兄弟便各自拿著玩具機器人玩了起來。

「看看我跆拳道拳頭的威力，啪！」

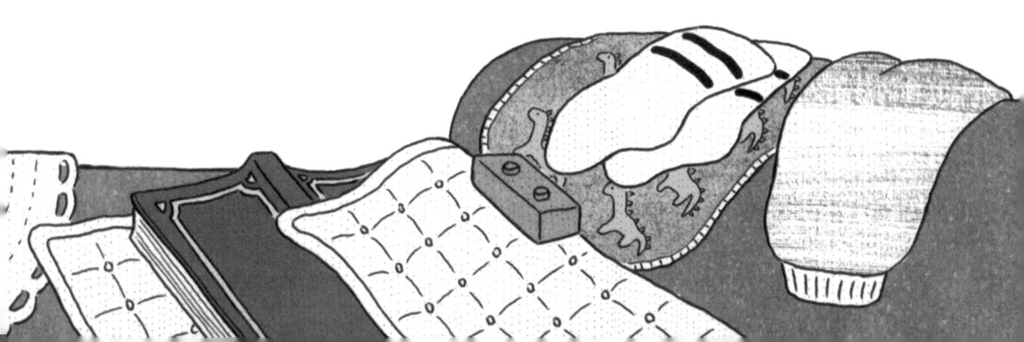

貓

「看我的踢腿阻擋，嘿！」

黑喵偷偷睜開緊閉的雙眼。他們玩耍的樣子看起來明明不有趣，卻總是讓牠有點在意。只要稍微安靜下來，就開始好奇「他們在做什麼呢？」但即便如此，黑喵還是沒有說要加入，因為牠原本就很討厭主動和別人一起玩。

這時，玩膩玩具的弟弟不知道從哪裡拿來一本繪本。

「哥哥，講故事給我聽。」

「這本已經講過十幾次了耶。」

哥哥雖然覺得有點不耐煩，還是打開了書本。弟弟開心的咧嘴笑著躺在哥哥身邊。

小貓咪翻牆壁。一蹦！一跳！

牆角下找媽媽。喵嗚！喵嗚！

媽媽面前扭屁屁。左扭！右扭！

偏偏他們看的是有關貓的繪本！黑喵忍不住好奇，便悄悄爬到地上，來到書本右側，並將下巴放到前腳上。

「我原本是對書沒什麼興趣的，但這本可以借我看一下嗎？有點好奇上面的貓是怎麼畫的。」

「好啊！給你。」

哥哥將書拿給黑喵看。

「嗯，雖然我不太滿意，但確實畫得很像。不過我說啊，你講故事好歹也生動一點嘛。」

「生動一點？」

「要像隻真正的貓一樣啊。看清楚我是怎麼做的。」

黑喵深深吐出一口氣，開始念起繪本。

「在扭屁屁時要邊唱邊跳。喵——嗚！」牠左扭右扭擺動屁股。

「唱歌時還要打拍子。啪啪！啪啪啪！」牠邊打節奏邊唱著歌。

「打拍子時記得要吆喝大家過來。來喔，快過來！」牠舉起前腳，做出招呼眾人的樣子。

「然後和朋友玩躲貓貓。大家可要躲好了！」

牠在客廳裡跑跑跳跳，到處躲來躲去，就像故事中的小貓跑出來一樣！

每當他這麼做，兩兄弟就會模仿貓咪，緊跟在牠的屁股後頭。黑喵就這麼用全身肢體講完了這本繪本，真是太活靈活現了！兩兄弟深深沉迷於牠講的故事，而黑喵也沉醉在他們認真聽故事的神情中。不知不覺間，牠早

已忘了自己是來教訓他們，叫他們不要亂按對講機的呢！

就算已經念完一整本書，兩兄弟的媽媽還是沒有回家。黑喵打了一個呵欠，再次回到沙發上。這次牠依舊閉上雙眼，假裝睡著。不知弟弟是否也剛好睏了，他悄悄來到黑喵身邊躺下。這時哥哥說了：

「我們來吃餅乾吧？」

一聽到「餅乾」兩個字，弟弟和黑喵都睜大了雙眼。兩兄弟匆匆忙忙跑到廚房，再拿著牛奶和餅乾出現，而且拿的還是蝦條啊！

黑喵「蹦」的一下跳到地上，坐在弟弟身邊。

「孩子們，可以讓我嚐一口嗎？我原本是不怎麼愛吃餅乾的，只是很好奇裡面是不是真的加了蝦子而已。」

弟弟點點頭便撕開了餅乾包裝袋。但當他「啪——」的撕開包裝袋時，餅乾卻像天女散花似的在客廳四處撒落。

「啊！慘了。」

雖然嘴上說著慘了，但他的臉上卻是一副興奮的樣子。接下來還需要多說嗎？兩兄弟蹦蹦跳跳的用手撿著餅乾吃——雖然吃下肚的只有一半，另一半都被踩碎了。黑喵也為了撿餅乾吃，忙個不停。帶著一股鹹香又酥酥脆脆的蝦條真不知道有多麼美味，連餅乾屑也被他們吃得一乾二淨呢。

乾燥

「我原本是不吃屑屑的，但如果放著不管，會招來螞蟻啊。」

黑喵連兩兄弟吃到一半掉下來的屑屑也都舔得乾乾淨淨。可是他們的媽媽還是沒有回來。牠該回去警衛室睡覺了，但怎麼辦呢？總不能這樣丟下兩個孩子跑掉吧。

黑喵又跳上沙發趴好。這次換哥哥去房裡拿出平板電腦。兩兄弟並肩靠在沙發上看影片。

「第一天當鏟屎官就上手！養貓一點都不難。喵嗚！」

黑喵豎起耳朵聽著從螢幕發出來的聲音，悄悄擠到兩兄弟中間坐下。

「各位有多了解貓呢？如果你想要養貓，就得先好好認識貓才行吧？」

黑喵目不轉睛盯著畫面，並將雙手交叉抱在胸前。這個人究竟是有多懂貓，才敢說出這種話來啊？

「貓和狗不一樣，貓是一種非常獨立的動物。比起和人相處，牠們比較喜歡自己獨處。」影片中的人說了。

這時兩兄弟同時看向黑喵，牠若無其事的說：「我原本是喜歡自己獨處啦，但因為你們會害怕，所以只好待在這裡陪你們囉！」

兄弟倆四目相交，笑了出來。接下來他們三個有好一會兒都無法從那支影片上挪開視線。

「嘖嘖，世界上就是有這種懶惰的鏟屎官！」

「我也很喜歡鑽進箱子裡。箱子就得要夠合身，那才叫讚。」

「真的有這種貓嗎？怎麼可能！那根本不叫貓，是披著貓皮的狗吧！」

黑喵一邊看著影片，一邊不停的插話。正當他們沉溺在養貓影片的時候，兩兄弟的媽媽回來了。

「是媽媽！」

「媽媽！」

兄弟倆飛快跑到玄關。媽媽緊緊抱住他們，用手揉著他們的臉頰問：「媽媽太晚回家了吧？你們有好好看家嗎？會不會怕呢？」

「貓咪陪我們一起玩！」

「貓咪？」

「嗯，貓咪還講故事給我們聽喔。喵嗚，喵嗚！」

兄弟倆的媽媽發現了黑喵，微笑著對牠說：「謝謝你。我該如何表示對你的謝意才好呢？」

「沒關係啦，我又不是另有所圖才這麼做的。」

黑喵說完就離開了201號，牠原先就決定只陪他們等到媽媽回來為止。牠想著暖呼呼的床鋪，趕緊朝警衛室走去，心想：「現在總算能安靜睡個好覺了吧？」

哈姆
好睏喔～

與貓咪共舞

「你剛剛跑去哪了？如果被住戶發現的話，該怎麼辦？」

已經結束巡邏，早一步回來的警衛爺爺問黑喵。

「因為剛才對講機響了。不過現在應該沒事了。」

黑喵一副若無其事的樣子躺在棉被上，看著老爺爺往杯子裡倒水，慢慢的閉上眼睛。正當牠快睡著的時候，外面突然傳出了吵鬧聲。

「有臺隨便亂停的車擋住其他車了！你趕快過來處理一下。」

住戶一邊氣呼呼的說著，一邊回到自己的車上。警衛爺爺連一口水都來不及喝，又急忙衝出去了。黑喵雖然覺得老爺爺很可憐，卻也束手無策。牠累到很快的又闔上雙眼，但對講機卻在窄小的警衛室裡再次響起。因為實在太吵，牠只好接起話筒。

「喂？」

「我是502號的住戶。樓上一直砰砰砰的吵死了，你去叫他們安靜一點！」

黑喵決定過去602號看一看，不然那位住戶又要再按對講機了。

加上牠也想知道對方究竟在這麼晚的夜裡做什麼，才會發出那樣砰砰砰的聲響。

牠一走出電梯，就聽見602號傳出的音樂聲。黑喵按下電鈴，等了一會兒。又按第二下，再等了好一會兒，卻都沒有人來應門。

「音樂到底是開得多大

聲啊！」

黑喵決定再按最後一次試試看。如果還是沒有人應門，就要直接回去了，牠原本就很喜歡「凡事不過三」這句話。不多不少，恰恰好三次。當牠剛按下第三次電鈴時，音樂聲停止了。不久，有個大約十歲的小女孩打開了大門，稍微探出頭來。

「喔！是貓咪耶。」

「對，我是貓咪。話說妳剛才在做什麼？」

「我？我在練習跳舞啊。」

「原來如此。剛才樓下的住戶聯絡警衛室說樓上很吵，所以請妳安靜一點，知道嗎？」

黑喵原本打算等小女孩說完「知道了」，就直接回到警衛室。但你們知道她說了什麼嗎？

「不行！明天有舞蹈社的徵選，所以我必須繼續練習才行。不好意思，可以請你替我去叫他們忍耐一下嗎？拜託你了，謝謝！」

小女孩說完之後就「哐」的一聲關上門。黑喵摸了摸額頭，差點向後倒下。在牠流浪兩年多的生涯中，還是第一次遇到這麼棘手的事情呢。

黑喵煩惱著到底該直接回去警衛室，還是該將小女孩的那番話傳達給樓下住戶知道。這時，屋內又開始傳出音樂聲。別說是變安靜了，現在似乎變得比按門鈴之前還更吵雜，也更常聽到砰砰砰的聲音。

黑喵再次按了電鈴。當小女孩一打開門，牠不管三七二十一的就闖進屋裡。雖然小女孩一臉錯愕，但黑喵卻不打算理會。

「妳自己一個人在家嗎？」

「我哥去補習，爸媽還沒回家。」

「這樣啊。」

黑喵靠坐在沙發上。不知是否因為沒得睡覺的關係，牠的身體就像麻糬般的垂了下來。

「跳給我看吧。」

「什麼？」

「跳舞啊。我幫妳看看跳得如何。」

「真的嗎？」

小女孩興奮的站在客廳中央。她原本就很希望有人能幫她看一下舞步呢。雖然她真的很想加入舞蹈社，卻沒有半點自信。沒想到這時黑喵竟然說要看她跳舞，難怪會高興成這個樣子。

她將左腿伸直，右腿踮起了後腳跟，以扭曲的姿勢站立。雙

手像在歡呼萬歲般的高舉在頭頂。一開始還只是跟著拍子點點頭，等到歌聲一出現，她立刻像青蛙似的向上跳躍，接著又「砰」的一聲落到地上。

「唉唷！」黑喵不自覺叫了出來。

小女孩一直重複著一樣的動作。以黑喵看來，這音樂和舞蹈完全是各走各的，實在稱不上滿意。

但小女孩的神情卻很認真。她在原地轉了一圈，停了一下，喘了一口氣，接著開始從客廳的這頭跑到那頭，而且這次還跟著音樂唱起歌來。

我們是朋友，
永遠的死黨。
直到地球盡頭，
都在彼此身旁。

黑喵搖著頭，擺擺手。

「我的喵啊！喵啊！喵啊！拜託妳停下來！」

牠靠著沙發閉上眼睛沉思。這情況真是慘到不行。牠覺得如果就這麼離開，可能在回到警衛室之前，就已經變成一座石像。牠曾經聽說，如果貓受到的衝擊過大，身體會在一瞬間石化，變成貓咪石像！小女孩完全不懂黑喵的心思，自顧自的繼續唱著。

你是我可愛的狗狗，汪汪！

我是你可愛的貓咪，喵嗚！

黑喵感到哭笑不得。竟然有人類自稱是可愛的貓咪！這歌詞還真是離奇。

「小丫頭！我再也聽不下去了，那個舞我也看不下去了。」

黑喵走到小女孩身邊，發出要她讓開的信號。

「我原本是不隨便在其他地方跳舞的，但既然妳要準備徵選，我就特別跳給妳看吧。」

黑喵像是坐在透明椅子上一樣，彎起後腿，放低身軀，接著又恭敬的將前腳併攏。小女孩認為牠應該準備好了，便開始播起她剛剛練習的那首音樂。黑喵像有什麼不滿意似的，拚命搖頭。

「除了這首，沒有別的歌了嗎？」

小女孩趕緊播放另一首歌曲。

當音樂一響，黑喵就扭動起牠渾圓的屁股。

小女孩看到後「噗」的一聲大笑出來。

「等一下！」

黑喵將前腳放下，歪一邊站著。

「妳剛才是在笑我嗎？」

「不是。是你太可愛了……」

黑喵重新調整呼吸，配合著節拍揮舞前腳，然後突然大喊：

「三、二、耶！」

接下來牠隨興擺動著身體。從頭到尾巴，甚至連全身上下的毛髮都跟著節奏一起搖擺。只要音樂一變快，搖擺的速度也跟著加快起來。

正當音樂即將來到高潮時，突然有個東西像鞭炮似的衝上了天花板。

那正是黑喵！

牠在轉眼之間，就從客廳沙發跳到桌上，從桌上跳到書櫃，再從書櫃跳到鋼琴上。彷彿在踩河石那般，只要能踩的地方都不放過。但不管牠再怎麼跳，都沒有發出半點聲響。這都是多虧了牠那些軟軟嫩嫩的肉球。

小女孩馬上就被黑喵的舞迷住了。她跟著黑喵一起跳，配合節奏在地板上用力的踏腳。

這時，整個屋子裡都響起砰砰的聲音。黑喵停下動作，大喊：

「等一下！這腳步聲實在太煩了。妳沒有東西可以鋪在地上嗎？像是軟墊或棉被之類的。」

小女孩跑進每個房間，拿出所有可以鋪在地上的東西。媽媽專用的瑜伽墊、客人來訪時的坐墊、哥哥蓋的棉被等。她將這些東西層層疊起鋪在地上，感覺還挺厚實的。

「看好了，這是我最後一次示範。同樣的舞我原本是不跳第二次的喔……一、二、耶！」

接下來發生的事情就交由各位自行想像——我是指黑喵和小女孩到底跳得有多開心。只要想像一隻驚慌失措的小鹿與身手矯健的

鼴鼠一起在客廳又蹦又跳的樣子就知道了。

現在屋內只聽得見音樂聲、哼唱聲和拍手的聲音，再也聽不見砰砰的腳步聲了。

小女孩氣喘吁吁的說：「呼呼，真是太酷了！呼呼，我還是第一次看到這種舞。我要用這支舞去參加徵選，可以吧？」

小女孩用她那雙圓溜溜的大眼睛看著黑喵。牠聳了聳肩膀作為回應。

朝著警衛室走去的黑喵感覺身體輕盈的像是要飛起來一樣。牠好久沒跳舞了。現在腳掌上彷彿貼著皮球一般，身體不由自主的跳了起來。牠哼著剛剛的歌，加快了腳步。

「我是你可愛的貓咪，喵嗚！」

有您的包裹

黑喵回到警衛室時，警衛爺爺正要外出。

「你又跑去哪裡啦？」

「剛才對講機有響，不過現在沒問題了。」

「嗯，102棟那裡有個住戶非常討厭貓。你不要到處亂跑，還是乖乖待在這裡吧。」

「好。不過您要去哪裡呢？」

「我要去夜間巡邏一下。自從隔壁社區遭小偷之後，巡邏次數就增加了。」

警衛爺爺出去後，黑喵輕快的爬上棉被。牠拉長了身體，伸個懶腰之後閉上雙眼，想著接下來應該可以睡個好覺。

然而，正當牠快睡著時，對講機又響起了。牠迅速的起身，拿起話筒。牠的動作又快又自然，就像是一個真正的警衛。

「喂……」

「我是宅配司機，請你幫我打開柵欄。」

這次不是公寓住戶，而是來送宅配包裹的司機。

「什麼？」

「柵欄啊，柵欄。請你把柵欄打開，我的車才能開進去。」

黑喵不知道柵欄是什麼，即使知道，牠也不知該如何打開。總之現在只能出去看看了。牠放下對講機，走到門外。有臺宅配貨車亮著車燈，被柵欄擋了下來。站在車外的司機大叔看著黑喵問：「是你接

的對講機嗎？警衛先生呢？」

「他去社區巡邏了。」

「啊，真是的。那我只能把車停在這裡，把東西搬進去了。」

司機大叔將貨車停在入口旁，接著拿出小推車，將要送的包裹一箱箱整齊疊起。黑喵則是站在前方直打瞌睡。牠看著司機大叔將推車推上入口處斜坡，說著：「那我先回去囉。我是睡到一半跑出來的。」

就在這時……

「哎、哎、哎唷喂呀！」

推車最頂端的箱子掉落到地上。大叔用頭比了比地上的箱子說：「你可以幫忙把那個箱子撿起來嗎？我想你也看得出來，我現在沒辦法鬆手。」

「箱子嗎？嗯，我原本是不怎麼搬重物的，不過我來試試吧。」

黑喵一下子就將箱子抬起。雖然那個箱子原本就很輕，但其實黑喵的力氣比外表看起來的還要更大。箱子上畫著一隻狗正在玩玩具的樣子。黑喵搬著箱子跳上了手推車。

「哈哈，這樣也行。反正你也要回警衛室嘛。」

司機大叔笑著推車。當手推車嘎吱嘎吱的動起，黑喵的身體也跟著一顛一顛的震動。

但才走沒多久，又有一個位於頂端的箱子掉了下來。大叔都還沒開口拜託，黑喵已經自動跳下車去將箱子撿起。

「你真機靈，謝謝你。」

「沒什麼。」

101棟的電梯門一打開，黑喵就迅速的走進電梯。

「你要去幾樓？」

「我看看，101棟有三個地方。7樓、9樓和12樓。」

黑喵照著大叔說的順序按下電梯按鈕。

當電梯一到7樓，大叔就搬起一個箱子走出電梯。黑喵為了不讓電梯門關上，緊緊按住「開」的按鈕，等著大叔回來。

從這點就能看出牠非常機靈。家貓年紀越大，就越會撒嬌；而街貓則是年紀越大，越機靈。

司機大叔和黑喵送完了101棟的包裹，就搭電梯回到1樓，接著前往隔壁棟。但當他們一打開大門，立刻迎面遇上一位阿姨。她看到黑喵後嚇了一跳，往後退了幾步。

「哎唷！這裡怎麼會有一隻貓啊？看起來不像是人家養的。」

黑喵心想，警衛爺爺之前說

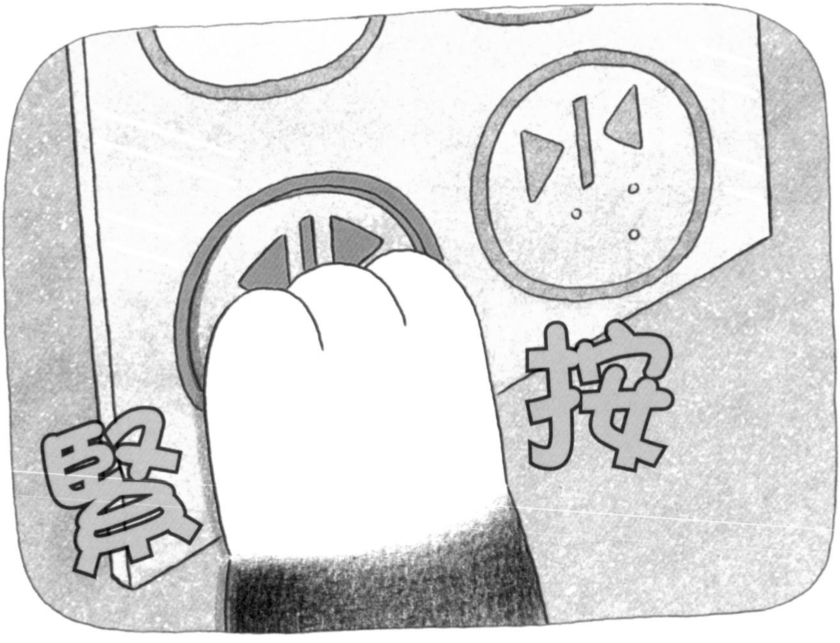

過那位討厭貓的住戶，應該就是這個人。但我們不是才剛說過黑喵很機靈嗎？於是牠回答：「您怎麼知道？正因為我不是家貓，才有可能會出沒在任何地方啊。貓原本就是這樣的。」

阿姨瞪了牠一眼，說：「就算會出沒在任何地方，但這裡就是不行！請你馬上離開這個社區！聽到沒？」

接下來換司機大叔出面了。

「這隻貓正在幫我送這個社區的包裹，所以我認為牠就算待在這裡，也沒問題吧？」

「你說什麼？你說貓會送貨？現在是要我相信你這鬼話嗎？牠只要不把包裹叼走就算萬幸了。總之我就是討厭貓，所以別出現在我面前！」

即使她已經離開了，還是不停看向後方，嘀嘀咕咕念個不停。

「不管到哪，都可能會有人不喜歡貓。」大叔安慰黑喵。

「但也會有人喜歡貓呀。」

黑喵不在意的回答，大叔看著牠笑了。102棟要送的貨更多了，大叔拿起一個箱子確認上面的地址後，搖了搖頭。

「我看又要鬧得驚天動地了。」

「為什麼？」黑喵問道。

「901號養了一隻狗。每次我連電鈴都還沒按，牠就耳尖的發現，開始叫個不停。」

果真電梯剛到9樓，就同時聽見了狗的叫聲。主人一開門，狗就衝到玄關。牠看到黑喵，便抽動著上嘴脣，露出牙齒低吠。

黑喵對牠說話，當然，是用和之前不同的語言。

「你現在是在威嚇我嗎？可是怎麼辦？我一點都不怕耶。」

「真的嗎？其他人只要看到我這樣，就會害怕。」

「我又不是人。你到底在叫什麼？司機大叔說你很吵。」

「我很吵嗎？我是因為開心，才會一直叫啊。你都不知道我有多喜歡那個大叔。他每次都會帶禮物來給我。零食、玩具、零食、零食、玩具、零食……不知道他今天又帶了什麼過來？好想趕快看到喔，趕快！」當狗又開始吠叫，主人就準備帶牠進去。

就在大門關上的前一刻，牠問黑喵：「等等！你該不會聽得懂人話吧？」

你們覺得黑喵會回答什麼呢？

○○宅配
你……
你好？
汪
汪
汪
汪
汪

「當然囉。貓本來就聽得懂人話。」

狗一聽到這句話，驚訝得張大了嘴。接著牠用鼻子聞一聞包裹，不停搖著尾巴進到屋裡。先別管貓怎麼樣了，現在對牠來說，新玩具才是最重要的。

「好，現在只剩下幾間了。我們走吧？」

黑喵在電梯裡說：「牠是看到你很開心，才會一直叫。」

「嗯？」

「牠說因為很喜歡你，所以才會一直叫。狗本來就比較藏不住心事嘛！」

大叔和黑喵對看一眼，笑了出來。

發送完所有包裹後，大叔說：「你做事真的很能幹耶。」

「做事嗎？我原本是不怎麼做事的。」

「總之今天謝謝你了，要不是有你，我早就累慘了。」

大叔將空空的手推車推到社區入口。黑喵就站在原地，直到看不見卡車的車燈，才走進警衛室。

「啊，累死了。我原本是一旦睡著，就算有人把我扛走，我也不會發覺的……」

宅配
哈欠
睏死了～

黑喵再次蓋上棉被。而牠也像一開始睡覺時那樣，戴上了眼罩和耳塞。

幸好，對講機從那之後再也沒響過了。

黑喵一路熟睡到隔天早上，甚至連警衛爺爺回來了都不知道，而且還睡到呼嚕呼嚕的打呼呢。

呼嚕～
呼嚕～

我是貓咪警衛黑喵

第二天早上，警衛爺爺正坐在書桌前寫著警衛日誌。他將半夜裡社區發生的大小事、住戶是否有特別的交代等，詳細的記錄下來。這樣白天的警衛在上班時才不會遇到問題。你問黑喵在做什麼嗎？啊，牠還在睡覺。

「呵，這傢伙真是的。我看有人把牠扛走都不會發覺吧。」

老爺爺脫下了制服，換上自己的夾克。這時，201號的兩兄弟來到警衛室。老爺爺開心的開門迎接兩人。

「你們怎麼這麼早過來？」

「貓咪警衛在嗎？」

「貓咪警衛？」

「對呀，牠昨天來過我們家。」哥哥說。

「牠講了故事給我們聽，還和我們一起吃餅乾喔！」

弟弟馬上又加了一句。

老爺爺指著正在警衛室一角熟睡的黑喵。

「哈哈，原來你們說的是牠。要進來看看嗎？」

兩兄弟走進警衛室，低頭看著正在呼呼大睡的黑喵。昨晚牠來家裡時還沒什麼感覺，但現在牠熟睡的樣子實在太可愛了。兩人小心翼翼的害怕把黑喵吵醒。

「我們可以把這個交給牠再走嗎？」

弟弟向警衛爺爺伸出雙手。

在牠小小的手心上，放著一個更小的老鼠娃娃。雖然不是貓咪專用玩具，但大小正好適合給黑喵玩。

「那你們放在那個行李箱旁吧。我會跟牠說那是你們送的。」

兩兄弟回去不久後，這次換602號的小女孩跑來。

「爺爺好。」

「妳要去上學啦？」

「對呀！我要趕快去學校練舞。不過貓咪警衛呢？」

這次警衛爺爺神色自若的指向黑喵。

「牠還在睡，昨晚很累的樣子。」

小女孩看了看正在熟睡的黑喵，並將帶來的東西交給老爺爺。

小小的便當盒裡面裝著剛烤好的吐司。

「爺爺，這個給你和貓咪警衛一起吃。」

「好喔，謝謝妳。我一定會和牠一起吃的。」

小女孩鞠躬道謝後，開心的跑向社區入口。她背上的書包也像在跳舞似的，一蹦一蹦跳著。

「咦？這是什麼，怎麼那麼香啊？」黑喵正好睡醒，牠動了動鼻子問道。

「住在602號的小女孩送來了烤吐司，說是要給我們一起吃的。」

老爺爺將吐司裝在小盤子裡遞給黑喵。牠舔了幾下前腳後，又用那隻腳將臉擦乾淨。接著還拿出刀叉和圍兜，準備開動。

「我原本是不怎麼吃早餐的，不過這個味道真是太香了。而且烤吐司就是要趁熱吃才對嘛！」

黑喵用小小的嘴巴，一口一口吃著烤吐司。

「嗯，我還是第一次吃到這麼好吃的吐司呢。」

警衛爺爺面帶笑容的看著牠。

「我好久沒吃到熱騰騰的早餐了，這還真是託你的福呢。」

黑喵的吐司吃到一半，突然嘻嘻笑了出來。

「你要我收留你一晚就好對吧？」

「對啊。」

「那你今天要去哪裡？」

「不知道，我原本就不會事先決定好之後的去向。」

老爺爺聽黑喵這麼說，臉上立刻露出笑容。如果還沒決定好去向，那就代表沒有非去不可的地方。

「仔細想想，有個助手好像也不賴嘛。雖然不知道我能在這裡工作多久，不過你要不要和我一起待在這裡生活呢？」

黑喵細細咀嚼著口中的吐司，抬頭看著老爺爺。

老爺爺接著說：「金警衛那邊只要我去說一聲就好。不過住戶就比較麻煩了……雖然有人不喜歡貓，但我想喜歡貓的還是占大多數，應該沒問題吧？」

黑喵一時陷入了苦惱。直到昨晚為止，牠都還想著如果能跟分牠鮪魚吃的老爺爺一起生活就太好了。但經過一整晚被對講機聲音折磨得難以入眠之後，牠改變了心意。

「讓我好好想一想，這種事原本就不能這麼輕易下決定。不過這是要給我的嗎？」黑喵拿起放在行李旁的老鼠玩具問道。

「是201號的兩兄弟拿過來的。他們說要送你。」

「竟然不是送我真的老鼠啊？我早就過了玩玩具的年紀了。」

黑喵露出微妙的表情。

「不過也沒辦法，別人送的禮物原本就不該拒絕嘛。」

黑喵將行李箱放倒在地上，拉開拉鍊。這時，裡面的東西就像是彈簧人偶似的，全都彈到外面。

「我的天啊！這些是什麼？」

警衛爺爺驚訝得張大了嘴。黑喵聳聳肩。

「都是我收到的禮物啊。」

黑喵將彈出來的東西一一擺在地上，排成一排。

「這是我念繪本給老奶奶聽之後收到的米香。這是從三劍客那裡收到的門片。這是我在聽完長舌大叔的故事後收到的毛線。這是我幫老爺爺找到回家的路後收到的橡皮球。這是我幫忙找到老鼠洞收到的鮭魚口味軟糖，還有這個是……」

精選輯
日記
祕密
米香
鮭魚口味
軟糖
請不要跟
貓咪搶喔。
宇宙

各式各樣的新玩意不斷從黑喵的行李箱被拿出來，牠也持續不停的解說。老爺爺一邊聽著，一邊心想：「這傢伙真是越看越叫人喜歡。」

黑喵再次將排在地上的東西一一放進行李箱中。最後在放入兩兄弟拿來的老鼠玩具後，便將拉鍊拉上。原本以為牠的東西太多，可能無法全部裝進去，沒想到卻一個也不漏的全都塞入了行李箱。

「那我先去一趟管理辦公室。」

「好！」

警衛爺爺才剛踏出警衛室，對講機就好像正巧抓到機會似的響了起來。你們覺得黑喵會怎麼做呢？

沒錯，牠迅速的接起了對講機，然後這樣說道：「我是貓咪警衛黑喵。」

誰在呼叫我呢？

我的名字叫黑喵

哈囉！我是在街上出生，也在街上生活的流浪貓。雖然大部分的流浪貓都沒有名字，但我有一個特別的名字，叫做「黑喵」。我原本是想說應該不用取名字吧，但後來發現有名字真不錯，而且又很方便。只要有人叫我的名字，我就會非常開心。

你問我為什麼叫做黑喵？嗯，就像你看到的一樣，我是一隻黑色的貓咪，所以叫做黑喵。而且我的名字在韓文中還有「相當能幹」這個涵義在內。怎麼樣？很適合我吧？我也是這麼覺得。

我從出生至今，從來都不曾感到傷心或覺得辛苦。雖然有時候會冷、會餓或生病，但即使在那種時刻，我也不曾失去希望。因為只要克服了這段艱辛的生活，之後就一定會有令人欣喜、開心和有趣的事情到來。

還有，我要告訴你們一個祕密。在我四處遊走後發現，這世界上的好人很多。就是那種見人有難會伸出援手，看到人家傷心就會給予安慰的暖心人。我很希望你們也能變成一個那樣的好人。

還有一件事情要先向你們說清楚，那就是千萬別想成為我的鏟屎官喔。比起受到鏟屎官寵愛，我更喜歡像現在這樣，在各地遊蕩、和不同人相遇的生活。

未來某天我一定也會去你住的地方拜訪。那時如果你遇到我，

可以像這樣和我打聲招呼嗎？

「哈囉，黑喵！」

黑喵的話代筆人　洪旼靜

再相會鑰匙
T. 123-1234
到府服務
巡邏中
協助處理社區事務
我們下次再見！
黑喵
CAT
警衛貓貓 收

我是問題終結者＿＿＿＿＿

各位小朋友們，看完這本故事後，你是不是也好佩服黑喵處理問題的能力呢？牠不但快速俐落的解決公寓住戶們的難題，最後還獲得大家的喜愛！現在輪到你來當「問題終結者」，動動腦想一想，當你遇到下列的問題，可以怎麼解決呢？

鄰居的吵鬧聲
吵得我無法
好好睡覺！

同學手上拿了好
多東西，甚至都
要掉下來了！

上學途中，有隻狗
總是朝著我狂吠，
讓我好害怕。

← 信紙可以寫下你的解決之道，或者記錄你的心情小語喔！

沿著虛線剪下，就可以當成信紙，將溫暖的心意傳遞給他人喔。

To:

From:

沿著虛線剪下，就可以當成信紙，將溫暖的心意傳遞給他人喔。

To:

From:

國家圖書館出版品預行編目資料

問題終結者黑喵1：守護公寓的和平！／洪旼靜文字；金哉希繪圖；賴毓棻譯.——初版一刷.——臺北市：弘雅三民，2021
面；　公分.——（小書芽）
譯自：고양이 해결사 깜냥 1: 아파트의 평화를 지켜라!
ISBN 978-626-307-327-2（平裝）

862.596　　110014991

小書芽

問題終結者黑喵1：守護公寓的和平！

文　字	洪旼靜
繪　圖	金哉希
譯　者	賴毓棻
責任編輯	江奕萱
美術編輯	江佳炘
發 行 人	劉仲傑
出 版 者	弘雅三民圖書股份有限公司
地　址	臺北市復興北路386號（復北門市） 臺北市重慶南路一段61號（重南門市）
電　話	(02)25006600
網　址	三民網路書店 https://www.sanmin.com.tw
出版日期	初版一刷 2021年11月
書籍編號	H859690
ISBN	978-626-307-327-2

고양이 해결사 깜냥 1：아파트의 평화를 지켜라！

弘雅三民圖書